Livro 11

Um obrigada especial para Linda Chapman.

Para Laura Harrison, uma fã e amiga muito especial.

CIP-BRASIL. CATALOGAÇÃO NA PUBLICAÇÃO
SINDICATO NACIONAL DOS EDITORES DE LIVROS, RJ

B17f
Banks, Rosie
  A floresta dos contos / Rosie Banks ; tradução Monique D'Orazio. - 1. ed. - Barueri, SP : Ciranda Cultural, 2017.
  128 p. : il. ; 20 cm. (O reino secreto ; livro 11)

  Tradução de: Fairytale forest
  ISBN: 978-85-380-6844-0

  1. Ficção infantojuvenil inglesa. I. D'Orazio, Monique. III. Título. IV. Série.

16-38666 CDD: 028.5
CDU: 087.5

© 2013 Orchard Books
Publicado pela primeira vez em 2013 pela Orchard Books.
Texto © 2013 Hothouse Fiction Limited
Ilustrações © 2013 Orchard Books

© 2017 desta edição:
Ciranda Cultural Editora e Distribuidora Ltda.
Tradução: Monique D'Orazio
Preparação: Carla Bitelli

1ª Edição
www.cirandacultural.com.br

Todos os direitos reservados. Nenhuma parte desta publicação pode ser reproduzida, arquivada em sistema de busca ou transmitida por qualquer meio, seja ele eletrônico, fotocópia, gravação ou outros, sem prévia autorização do detentor dos direitos, e não pode circular encadernada ou encapada de maneira distinta àquela em que foi publicada, ou sem que as mesmas condições sejam impostas aos compradores subsequentes.

A Floresta dos Contos

ROSIE BANKS

Ciranda Cultural

Sumário

Livros e mais livros!   9

A Floresta dos Contos   25

O plano maligno da rainha Malícia   45

Morceguinhos intrometidos   65

A mágica das histórias   81

Felizes para sempre   95

Livros e mais livros!

Summer Hammond deslizou o dedo lentamente pelas lombadas dos livros que havia nas prateleiras da biblioteca. Eram tantos livros, tantas histórias! Passou as longas tranças loiras por cima dos ombros. Ela sentiu uma felicidade tomar conta dela enquanto decidia qual livro iria pegar. Summer adorava ler, e a biblioteca era um dos lugares aonde ela mais gostava de ir.

Então, quando Ellie Macdonald, uma de suas melhores amigas, tinha falado que precisava encontrar um livro para seu trabalho de arte, Summer ficou ansiosa para ir junto. Elas também tinham levado junto sua outra melhor amiga: Jasmine Smith.

Ellie estava folheando um grande livro de artesanato sobre confecção de fantoches.

— É exatamente deste livro que eu preciso para meu trabalho da escola — ela comentou em voz baixa, para que a bibliotecária não desse bronca por elas estarem conversando. — Eu vou me sentar e fazer algumas anotações.

Jasmine se sentou ao lado da amiga e perguntou com um suspiro:

— Quanto tempo você vai demorar?

— Não sei — respondeu Ellie.

— Por que você não escolhe um livro enquanto a gente espera? — Summer sugeriu à Jasmine.

Porém, Jasmine balançou a cabeça e disse:

— Não. Vou só ficar sentada aqui. Não gosto muito de ler.

Summer sabia que Jasmine gostava muito mais de cantar, dançar e fazer atividades físicas do que de ficar parada lendo, mas sem dúvida deveria existir algum livro que ela acabaria gostando. Tinha que existir!

Então, Summer começou a procurar nas prateleiras, até que encontrou o livro perfeito. Ela o tirou da prateleira e disse enquanto o estendia à Jasmine:

— Dê uma olhada neste aqui!

Jasmine leu o título:

— *Pandora Parks: estrela pop!*

A garota na capa parecia bastante com ela, com seus longos cabelos escuros e olhos castanhos. Ela segurava um microfone e estava vestida com um macacão vermelho. Jasmine o virou para ler a sinopse na contracapa.

— Na verdade, este livro parece bem legal — ela admitiu.

— Então tente ler — Summer incentivou. — Os livros da Pandora são uma série. Ela é uma estrela pop neste livro, uma atriz em outro, depois vira modelo. Ela sempre vive um monte de aventuras. Aposto que você vai gostar e...

Summer sorriu ao perceber que Jasmine já estava virando a primeira página. Ela deu um risinho para si mesma e voltou para as estantes. Bom, qual livro ela iria ler?

Ela pegou vários antes de se decidir por uma história de resgate de animais. Ela se sentou com as amigas e começou a leitura.

Livros e mais livros!

Depois de mais ou menos meia hora, Ellie fechou o caderno.

— Pronto, já fiz todas as anotações de que eu precisava para o trabalho da escola. Agora só preciso ir para casa, colocar a mão na massa e fazer o fantoche!

Ela se levantou e colocou o livro de volta na prateleira. Summer se espreguiçou e também se levantou. Ela olhou para Jasmine, que ainda estava com a cabeça enterrada no livro *Pandora Parks: estrela pop!*

— Jasmine, vamos voltar para a casa da Ellie.

Jasmine piscou e disse:

— Mas eu estou numa parte bem legal. Não consigo parar de ler agora!

Summer respondeu dando risada:

— Então, talvez você se interesse por alguns livros, não é verdade?

— Por este aqui, com certeza. É incrível! — falou Jasmine, contente. — Vou ter que pegar emprestado da biblioteca para eu poder terminar. A Pandora vive tantas aventuras!

Ellie ouviu de longe e acrescentou:

– Que nem a gente!

As três amigas sorriram entre si. Elas compartilhavam um segredo muito especial. Em um bazar da escola, as meninas tinham encontrado uma velha caixa de madeira cheia de entalhes. Acabaram descobrindo que era uma caixa mágica feita pelo rei Felício, o soberano que governava uma terra encantada chamada Reino Secreto. Sempre que o povo do reino precisava da ajuda das meninas, Trixibelle, a fadinha, mandava uma mensagem na caixa para convocá-las e depois as levava para aquela terra maravilhosa.

– Onde está a Caixa Mágica agora? – sussurrou Jasmine.

– Aqui – disse Ellie, colocando sua bolsa em cima da mesa e mostrando com a mão.

Livros e mais livros!

— Quando será que vamos receber outra mensagem do Reino Secreto? – perguntou Summer.

Ellie abriu a parte de cima da bolsa e tirou a Caixa Mágica dali. As laterais de madeira eram entalhadas com criaturas mágicas e a tampa era cravejada com seis pedras preciosas verdes.

— Ah, eu queria tanto que ela estivesse brilhando! – disse Ellie com um suspiro.

Uma luz brilhou sobre a tampa espelhada da caixa.

— Funcionou! — Ellie exclamou com espanto.

Cheia de esperanças, Jasmine olhou para a caixa.

— Eu queria ganhar na loteria!

— Xiu! — a bibliotecária pediu silêncio lá da mesa dela.

— Venham! — chamou Ellie, colocando a caixa de volta na bolsa. Seus olhos brilhavam de emoção. — O Reino Secreto precisa de nós! É melhor encontrarmos um lugar mais discreto, onde possamos dar uma boa olhada na caixa para ver a mensagem.

— Sigam-me! — falou Summer, sentindo o coração disparado.

Livros e mais livros!

Ela foi seguindo pela biblioteca para sair da seção infantojuvenil e depois passou por alguns corredores. Outra aventura estava começando!

– Para que lugar do Reino Secreto será que a gente vai desta vez? – perguntou ela num sussurro.

– E que ingrediente vamos ter que procurar? – acrescentou Jasmine.

O Reino Secreto estava passando por problemas majestosos. A malvada rainha Malícia tinha dado um bolo envenenado para seu irmão, o rei Felício. Agora, ele estava se transformando pouco a pouco em um horrível sapo fedido. A rainha Malícia planejava assumir o controle do reino quando a transformação do rei Felício estivesse completa. A única maneira de acabar com a maldição seria dar ao rei uma poção-antídoto mágica, mas, para prepará-la, era preciso encontrar seis ingredientes muito raros. Até o momento, elas já tinham coletado o favo de mel de abolhas, o açúcar prateado, um punhado de pó de sonho e um pouco da água medicinal da Cachoeira Pingos de Luz. Só precisavam encontrar mais dois ingredientes!

Elas alcançaram o canto mais distante da biblioteca, que estava cheio de volumes de periódicos velhos e empoeirados com capa de couro.

– Acho que vamos ficar seguras aqui – Summer disse baixinho. – Ninguém entra neste corredor.

As meninas se ajoelharam e tiraram a Caixa Mágica da bolsa de Ellie. A tampa espelhada ainda estava brilhando com uma luz prateada. As meninas viram letras cheias de arabescos aparecerem e se transformarem em palavras. Jasmine leu para as amigas:

*– Ellie, Summer, Jasmine, é a hora,
para um local com árvores vamos agora,
onde magias incríveis acontecem
e todos os contos nascem e crescem.*

Livros e mais livros!

Assim que terminou de ler, fagulhas cruzaram a superfície da caixa e a tampa se abriu num passe de mágica. Dentro, havia seis compartimentos, cada um contendo um objeto mágico diferente. Um deles era um belo mapa do Reino Secreto, que então saiu flutuando e se abriu diante dos olhos das meninas.

A Floresta dos Contos

Encantada, Summer olhou o mapa mágico, que mostrava o lindo formato de lua crescente da ilha.

— Olhem, ali estão os dragões dos sonhos! — Ellie apontou para um tranquilo bosque onde as belas criaturas tiravam um cochilo debaixo de cerejeiras carregadas de flores cor-de-rosa e brancas.

Livros e mais livros!

— E o Lago das Ninfas! — disse Jasmine, mostrando o lugar onde tinham vivido sua última aventura. Ninfas de pele azulada brincavam nas águas límpidas com seus caramujos aquáticos gigantes de estimação.

— Aonde será que vamos desta vez? — perguntou Summer, que percorria todo o mapa com os olhos. — A mensagem diz um lugar com árvores...

Ellie franziu a testa e sugeriu:

— Ah, talvez seja uma selva. Na selva há árvores.

— Mas a mensagem também fala de contos. Será que é tipo contos de fadas? — disse Summer.

— Não sei, talvez seja uma biblioteca! — sugeriu Jasmine. — Vamos ver se encontramos alguma.

Elas olharam o mapa com muita atenção, mas não conseguiram avistar nenhuma biblioteca.

Ellie releu a pista e falou:

— Acho que precisamos encontrar um lugar que tenha tanto árvores como contos.

— Que tal aqui? — sugeriu Summer, apontando para uma floresta onde as árvores altas cresciam em meio à grama verde e a alegres cogumelos vermelhos e brancos. Ela leu a legenda e soltou uma exclamação. — A Floresta dos Contos! Só pode ser aqui!

— Eu aposto que você está certa! — disse Jasmine.

— Sem dúvida — acrescentou Ellie, e olhou mais de perto. — Mas as árvores parecem meio estranhas.

Summer entendeu o que ela queria dizer. As folhas das árvores eram retangulares. Ela disse, sorrindo:

— Tenho certeza de que a Trixi vai saber o que elas são. Vamos chamá-la aqui!

Livros e mais livros!

As amigas colocaram as mãos sobre as pedras verdes e se olharam.

— A resposta para o enigma é Floresta dos Contos! – disseram em coro.

A Floresta dos Contos

Houve um clarão cor-de-rosa. O mapa voou para dentro da caixa e as meninas ouviram um pequeno suspiro acima de sua cabeça. As três ergueram o olhar.

– Trixi! – surpreendeu-se Jasmine.

A fadinha estava empoleirada em sua folha flutuante em cima da estante de livros. Ela olhava em volta com grande espanto, com seus enormes olhos azuis arregalados.

— Vejam só todos estes livros! — exclamou ela, encantada.

— Fale baixo! — disse Summer às pressas, não querendo que a bibliotecária viesse. Não tinha a menor ideia de como explicar a ela quem e o que era Trixi!

A fadinha manobrou a folha no ar e flutuou até as meninas. Ela estava com um vestido verde-esmeralda na altura do joelho, decorado com redemoinhos prateados, e tinha uma faixa prateada sobre os cabelos dourados e desarrumadinhos.

— Onde estamos? — ela perguntou.

— Na Biblioteca de Valemel — sussurrou Ellie. — Mas temos que fazer silêncio, ou a bibliotecária vai ouvir.

— Desculpe! — Trixi sussurrou de volta. Ela beijou cada uma das amigas na ponta do nariz. — É um prazer ver vocês.

A Floresta dos Contos

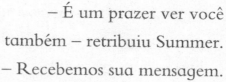

– É um prazer ver você também – retribuiu Summer. – Recebemos sua mensagem. O próximo ingrediente está na Floresta dos Contos?

Trixi bateu palmas.

– Sim! A tia Maybelle acaba de descobrir que o quinto ingrediente para a poção-antídoto é um broto de livro. E o único lugar onde podemos encontrar um é na Floresta dos Contos.

– O que é um broto de livro? – Jasmine quis saber, curiosa.

Trixi piscou, incrédula, e perguntou:

– Vocês não sabem o que é um broto de livro?

Ela ficou olhando para as meninas, que negaram com a cabeça. Trixi sinalizou as prateleiras com um gesto e concluiu:

A Floresta dos Contos

— Mas há tantos livros no mundo de vocês! Vocês têm que ter brotos de livro. Senão, como os livros iriam crescer?

As três meninas trocaram olhares confusos.

— Crescer? — Ellie repetiu. — Livros não crescem.

— Não crescem? — Trixi as fitou. — Como assim? É claro que crescem!

— Não. No nosso mundo, os livros são feitos, não dão em árvore — explicou Summer.

— Como é no Reino Secreto, Trixi? — questionou Jasmine.

Trixi sorriu e respondeu:

— Esperem e verão! Estão prontas para ir à Floresta dos Contos?

— Sim, estamos! — exclamaram as três amigas.

Trixi deu uma pirueta sobre a folha.

— Então vamos lá! A cada dia o rei Felício fica mais e mais parecido com um sapo fedido. Não temos um segundo a perder!

A Floresta dos Contos

As meninas deram as mãos enquanto Trixi dava uma batidinha em seu anel mágico e cantarolava com sua voz musical:

– Boas amigas, voem para o feitiço controlar,
antes que o rei Felício possa piorar!

Uma luz cintilante girou em torno delas e levantou as garotas dali. Elas se seguraram firme durante os rodopios. Quando voltaram ao chão, ouviram o canto de pássaros e sentiram a grama macia sob os pés.

A Floresta dos Contos

A nuvem cintilante desvaneceu e elas viram que estavam no meio de uma floresta enorme com árvores altas por toda parte. O sol brilhava entre os galhos das árvores, salpicando de luz a grama exuberante. Lindas flores pontuavam os arredores, além de cogumelos vermelhos e brancos que chegavam à altura do joelho. Azulões voavam entre os galhos, e coelhos espiavam, tímidos, por trás de troncos. Eles vibravam o focinho e sacudiam

as orelhas. Sementes grandes de um tom pálido de amarelo rodopiavam no ar e caíam nos cabelos das meninas. Jasmine deu um salto e apanhou uma.

— Isso a gente tem no nosso mundo, mas lá são muito menores! – ela comentou.

A Floresta dos Contos

Quando Summer estendeu o braço para tirar uma semente dos próprios cabelos, sentiu a tiara sobre a cabeça e sorriu. Sempre que as meninas chegavam ao Reino Secreto, tiaras especiais apareciam na cabeça delas para que todos que elas encontrassem soubessem que eram as meninas humanas do Outro Reino que tinham vindo para ajudar.

– Então, o que vocês acharam da Floresta dos Contos? – perguntou Trixi, animada, voando entre os feixes de luz solar. – Aqui é onde crescem todos os livros! Vejam!

Ela apontou para cima. As meninas olharam para os galhos das árvores e soltaram uma exclamação de espanto. Centenas de livros brotavam ali, presos aos galhos como se fossem folhas!

– Minha nossa! – exclamou Jasmine. – Os livros crescem mesmo em árvores no Reino Secreto!

— É claro que crescem! — falou Trixi, sorrindo.

Era a coisa mais sensacional que elas já tinham visto. As páginas dos livros farfalhavam com a brisa.

— O que são essas coisinhas verdes? — perguntou Ellie, apontando para bolinhas verdes em alguns dos galhos.

— Esses são os brotos de livro — respondeu Trixi. — Cada um deles vai florescer e se tornar um livro quando estiver maduro. Os gnomos livreiros que vivem na floresta cuidam das árvores e colhem os livros.

Summer queria muito subir em uma das árvores e dar uma olhada nos livros pendurados lá.

– Ah, eu queria que, no nosso mundo, os livros também dessem em árvores! – ela disse com um suspiro. – Seria incrível!

Ellie sorriu e disse:

– Você iria construir uma casa na árvore e nunca mais iria descer!

– Olá – disse uma voz curiosa. Elas todas giraram e viram uma criatura pequena que se aproximava. – Posso ajudá-las?

– É um gnomo livreiro! – exclamou Trixi.

O gnomo livreiro se parecia um pouco com os gnomos que algumas pessoas tinham em seus jardins lá no vilarejo de Valemel. Ele tinha mais ou menos metade da altura das meninas, um rosto todo enrugado e uma barba comprida. Seus olhos cor de avelã cintilavam quando ele olhou para elas.

A Floresta dos Contos

— Então, o que posso fazer por vocês? Eu... — sua voz sumiu assim que ele viu as tiaras. — Ah, pelos céus! Vocês devem ser as três garotas humanas do Outro Reino. Sempre quis conhecê-las!

Summer sorriu e se apresentou:

— Olá! Eu sou a Summer. E estas são a Ellie e a Jasmine. Esta aqui é a Trixi, a fadinha real do rei Felício.

— Bem, é um prazer conhecer todas vocês! Um prazer enorme — disse o gnomo livreiro, com um sorriso radiante. — Eu sou Dickon. Vivo e trabalho aqui na Floresta dos Contos, junto com todos os meus amigos e familiares. Quer dizer que vocês vieram aqui encontrar um livro, minhas queridas?

— Na verdade, estamos aqui porque precisamos ajudar o rei Felício de novo — Jasmine respondeu.

Ela e as outras rapidamente explicaram o que andava acontecendo.

— Precisamos muito de um broto de livro para a poção-antídoto — falou Summer. — Se pudermos conseguir um broto, então só vai faltar mais um ingrediente para completarmos a lista.

— O rei Felício precisa beber a poção-antídoto até a meia-noite do Baile de Verão — acrescentou Ellie. — Caso contrário, vai ser tarde demais, e ele vai ficar como um sapo fedido para sempre. Por favor, você pode nos ajudar?

– É claro que sim! – disse o gnomo livreiro. – Na verdade, vocês chegaram na hora certa. Os brotos de livro estão todos florescendo e se transformando em livros maduros, mas ainda temos alguns sobrando. Venham conhecer todo mundo e vamos até uma árvore colher um broto de livro para vocês.

As meninas trocaram olhares encantados antes de seguir Dickon até a clareira próxima. Caminhavam entre as árvores, olhando ao redor cheias de admiração. Havia escadas apoiadas nos troncos retorcidos e vários gnomos livreiros corriam, subiam e desciam com cestos de vime retangulares nas mãos. Os livreiros estavam colhendo os livros dos galhos e os colocando dentro dos cestos, lado a lado, como em uma estante de livros. Quando os cestos ficavam cheios, eles os traziam para baixo e empilhavam os livros aos montes em um carrinho de madeira cheio de prateleiras que estava posicionado na clareira. As meninas observaram aquilo com olhos fixos, boquiabertas.

– O que acontece com todos os livros? – perguntou Summer.

– Colocamos um exemplar de cada livro que já nasceu na Biblioteca da Floresta dos Contos, e os outros exemplares nós distribuímos por todo o reino para que todos possam desfrutar deles

— explicou Dickon. — Vamos encontrar um broto de livro para vocês. Há muitos por aqui — acrescentou, esfregando as mãos uma na outra.

Ele as conduziu a uma árvore esguia com muitos brotos verdes nos galhos. Diante dos olhos delas, um dos brotos lentamente começou a se abrir.

— O que está acontecendo com ele? — perguntou Ellie, maravilhada.

— Ele está florescendo e se tornando um livro! — respondeu Dickon com alegria. — Prestem atenção!

Todos observaram fixamente as pétalas verdes do broto se abrirem e revelarem um livro verde liso no centro. Porém, ele não ficou liso por muito tempo. Logo, lindas palavras prateadas começaram a se formar na capa.

– *Os três unicórnios rudes* – Summer leu.

Uma imagem também começou a se formar na capa. Então o livro se abriu, e as páginas começaram a virar. As meninas viram palavras e ilustrações coloridas surgirem nas páginas conforme o livro ia sendo folheado. Na última página, a palavra "Fim" apareceu, e o livro se fechou.

– Prontinho! O livro está no ponto para ser colhido – declarou Dickon.

– Essa é a coisa mais incrível que eu já vi na vida! – Jasmine disse com espanto.

– Agora, vamos colher um broto de livro para vocês antes que todos floresçam – disse o gnomo.

Então Dickon virou-se para os outros livreiros e pediu:

– Doug, você pode buscar uma escada, por favor, para que a gente possa ajudar as meninas humanas e a Trixi?

Um gnomo livreiro de sorriso alegre, barba comprida e cinzenta, bigode volumoso e óculos redondos trouxe uma escada.

— É claro que eu pego um broto de livro para vocês — ele disse. — Nós faríamos qualquer coisa para ajudar o rei Felício.

— Obrigada! — agradeceu Summer. — Precisamos levar um broto para a tia Maybelle o mais rápido possível, antes que a rainha Malícia tente nos atrapalhar!

Bem nessa hora, ouviu-se uma gargalhada retumbante.

— Rá! Tarde demais!

A Floresta dos Contos

Todos pularam com o susto. O coração de Summer foi parar na boca quando a figura alta da rainha Malícia veio caminhando por entre as árvores até elas, cercada por uma névoa branca. Suas saias varriam a floresta, e seus dedos ossudos seguravam firme o cetro preto todo pontudo.

— Então, vocês estão tentando conseguir um broto de livro, é isso? – ela exigiu saber.

— Estamos! – Jasmine respondeu,

corajosa, postando-se na frente de Dickon. – E você não pode nos atrapalhar!

– Ah, eu acho que posso, sim! – retrucou a rainha. Seus olhos tinham um brilho perverso.

– Como? – perguntou Ellie. – Tem um montão de brotos de livro aqui!

– Não por muito tempo! – a rainha Malícia levantou o cetro e deu uma risada estridente. – Porque eu vou fazê-los murchar e morrer!

O plano maligno da rainha Malícia

Um raio estalou da extremidade do cetro negro da rainha Malícia.

– Não! – exclamaram as meninas, prendendo a respiração.

– Rainha Malícia, por favor, não faça isso! – suplicou Dickon.

Os outros gnomos livreiros tinham visto o que estava acontecendo e agora desciam às pressas das árvores e se aproximavam correndo, todos gritando e protestando. A rainha Malícia apenas dava risada.

— Afinal, quem precisa de livros? Odeio todos eles! Objetos inúteis com histórias bobas sobre duendes, fadas, gnomos e elfos vivendo felizes para sempre. Pfff! Ridículo!

— Por favor, rainha Malícia, por favor, não destrua os livros! — implorou Trixi, voando em direção à rainha.

— Saia já do meu caminho, sua fadinha estúpida! — gritou a rainha Malícia.

Ela levantou a outra mão e fez Trixi cair. Então entoou um feitiço:

– Livros e brotos irão murchar e morrer.
Caiam das árvores, para ninguém mais ler.

O plano maligno da rainha Malícia

Ela sacudiu o cetro, e um relâmpago branco iluminou o bosque. Pareceu atingir todas as árvores e todos os galhos. A rainha Malícia gritou de alegria quando, em toda a volta, as páginas dos livros começaram a se amassar e a se curvar, colorindo-se em tons de vermelho e dourado.

– Oh, não! – desesperou-se Summer. – Parecem as folhas no nosso mundo, que caem das árvores durante o outono!

Os livros secavam, e as páginas iam se soltando das capas e flutuavam até o chão, chovendo na cabeça das meninas e dos livreiros.

— Pare com isso! – gritou Jasmine, à medida que os brotos de livro dos galhos se tornaram marrons e se encolheram em bolinhas minúsculas.

— Puxa vida! – afligiu-se Summer ao ver que os brotos começavam a despencar dos galhos e cair sobre a grama. Logo, tudo o que restava eram pequenas casquinhas secas.

Ellie correu e pegou uma delas. Porém, o broto virou pó em sua mão.

Summer sentiu vontade de chorar. Ela não suportava ver aquilo. Ellie passou o braço pelos ombros da amiga, enquanto Jasmine ajudava Trixi a sair de baixo de um montinho de folhas secas marrons que agora a cobria.

— Morceguinhos da Tempestade! – a rainha Malícia chamou com um grito.

Quatro criaturas familiares com asas de morcego e rosto pontiagudo voaram no céu e se empoleiraram nos galhos das árvores, agora vazios.

O plano maligno da rainha Malícia

— Fiquem aqui e certifiquem-se de que essas meninas intrometidas não encontrem nenhum broto de livro. Não que haja alguma possibilidade de encontrar... Porque não sobrou nenhum!

A rainha Malícia deu outra gargalhada. Ela bateu palmas alegremente e desapareceu com o estalo de um trovão.

Os gnomos livreiros pareceram todos horrorizados, e muitos estavam aos prantos.

— Todos os nossos livros queridos! — exclamou Doug. — Agora, não vamos ter nenhuma história nova para ninguém!

— Oh, estou tão, tão triste — lamentou Trixi, desanimada. — A rainha Malícia é tão terrível!

— Todos os livros estão arruinados — falou Summer, horrorizada.

— E agora não há nenhum broto de livro para a poção do rei Felício — disse Jasmine.

— Rá! O rei Felício vai se transformar em um sapo fedido! — zombou um dos Morceguinhos da Tempestade. — E a nossa rainha vai governar o reino!

Os outros morceguinhos riram e, com gritinhos de alegria, deram um mergulho no ar para aterrissarem em cima das pilhas de páginas caídas. Eles começaram a jogar tudo aquilo para cima enquanto comemoravam, muito contentes.

— Chega de livros para os livreiros colherem — zombou outro morcego. — Agora tem apenas folhas secas no chão!

— Afinal de contas, livros são uma coisa idiota — disse um terceiro, lançando mais páginas no ar.

Dickon sacudiu o punho para eles e falou:

— Vão embora, suas coisas horríveis.

— Venha pegar a gente! — riu um morceguinho, batendo as asas de couro. — Esta é uma floresta pública!

Summer se virou para Dickon e perguntou:

— Tem alguma coisa que podemos fazer para os livros crescerem de novo?

— Livros idiotas! Livreiros idiotas! — riram os morcegos.

— Deve ter alguma coisa que a gente possa fazer — disse Jasmine.

Os morcegos gritavam e gargalhavam saltitando no lugar.

— Não consigo nem ouvir meus pensamentos — disse Ellie por cima da algazarra. — Podemos ir a algum lugar silencioso para conversar? Talvez a gente possa ajudar vocês a pensar em alguma solução.

— Vamos para a Biblioteca da Floresta dos Contos — sugeriu Dickon. — É só atravessar aquelas árvores ali.

Com os morceguinhos batendo asas atrás deles e gritando insultos, os livreiros e as meninas saíram correndo pela floresta até chegarem a um enorme carvalho. Era a árvore mais alta que elas já tinham visto, estendendo-se para cima quase como um arranha-céu. Na base, havia uma pequena porta vermelha. Janelinhas redondas tinham sido esculpidas no tronco nodoso por todo o caminho até o topo.

O plano maligno da rainha Malícia

— Bem-vindas à biblioteca — disse Dickon, destrancando a porta com uma chave dourada. As meninas tiveram de se abaixar para conseguir passar pela porta, mas, assim que entraram, descobriram que podiam se endireitar de novo. Suspiraram maravilhadas. Estavam dentro de uma árvore oca, em um salão enorme que subia por todo o espaço dentro do tronco. As paredes eram ladeadas por estantes, e a luz

A Floresta dos Contos

do sol penetrava pelas janelas redondas. Uma sensação calma e tranquila pairava no ar.

— Que biblioteca maravilhosa! — elogiou Summer.

Uma escada dourada espiralava até o topo da árvore com pequenas galerias, onde as pessoas podiam sair e pegar um livro. Na base da escada, havia sofás confortáveis e pufes espalhados pelo chão.

— Olhem só todos estes livros! — comentou Jasmine, de olhos arregalados.

— Há um exemplar de todos os livros que já cresceram aqui no Reino Secreto — explicou Dickon orgulhosamente.

Ele tinha trancado a porta, mantendo os morceguinhos para fora. As criaturas da rainha voavam e pressionavam o nariz pontudo nas janelas, mostrando a língua e fazendo caretas horríveis. As meninas os ignoraram.

— É maravilhoso! — exclamou Summer, olhando para aquele número absurdo de livros que cobriam todas as prateleiras.

Ela foi até a mais próxima e leu os títulos: *Cinderelfa*; *A gnoma e a ervilha*; *A fadinha vermelha*... Sorriu.

Jasmine se juntou à amiga e também foi lendo os títulos.

— Vocês têm algum livro sobre estrelas pop ou de aventuras? — ela perguntou a Dickon.

O gnomo pareceu surpreso e replicou:

— O que é uma estrela pop? Todas as histórias que crescem no Reino Secreto têm os mesmos personagens: gnomos, fadas, elfos...

— Esta é a minha preferida — disse Doug, retirando da prateleira um livro chamado *Unicórnio de neve e os sete gnomos*, e mostrando para as meninas.

— Então vocês não têm *Pandora Parks: estrela pop!*? — Jasmine perguntou.

Dickon sacudiu a cabeça.

— Não. Tenho que dizer que nunca ouvi falar desse conto de fadas.

— Não é um conto de fadas — explicou Jasmine.

Dickon ficou atônito.

— Não é um conto de fadas? — ele duvidou.

— Não. Nós temos contos de fadas, inclusive alguns parecidos com os de vocês, mas também temos um monte de outros livros — esclareceu

O plano maligno da rainha Malícia

Summer. – Alguns emocionantes, outros engraçados, assustadores, tristes. De todos os tipos.

– Pelos céus – disse Dickon, surpreso, olhando para Doug. – Nunca ouvi nada parecido.

Doug suspirou e comentou:

– Agora não vamos ter nenhum livro novo por séculos no Reino Secreto, sejam eles contos de fadas ou não.

Ele e todos os outros gnomos livreiros se sentaram pesadamente nos sofás e nos pufes.

– O que vamos fazer? – perguntou um deles.

– Será que não podemos plantar mais árvores? – Jasmine sugeriu, esperançosa.

– A gente poderia. Temos mais sementes – disse Dickon. Ele foi até um armário de madeira, abriu uma gaveta e tirou uma grande semente listrada. – É assim que elas são.

– A gente poderia ajudar vocês a plantar. Eu ajudo meu avô no jardim – ofereceu Ellie.

— Acho que não é um trabalho rápido. Veja, antes que uma semente de árvore de livro possa ser plantada, a gente tem que contar uma história, assim, a árvore sabe qual livro ela vai dar — Dickon respondeu e se sentou. — Por que não mostramos a vocês? Venham, por favor, participem! — ele encorajou as meninas. — Precisamos que vocês se sentem em um círculo, porque a mágica sempre funciona melhor se formarmos um círculo.

As meninas, Trixi e os gnomos livreiros se sentaram ao redor de Dickon. Ele segurou a semente com cuidado entre as mãos e começou a contar uma história:

— Era uma vez uma jovem fadinha chamada Cachinhos Esmeralda. Seus cabelos verdes eram os mais lindos já vistos. Um dia, ela entrou na floresta sozinha e se deparou com uma casinha onde viviam três dragões: um dragão bebê, uma dragoa mamãe e um dragão papai.

O plano maligno da rainha Malícia

Jasmine cutucou Ellie.

— Acho que sei o que acontece nessa história — ela sussurrou com um sorriso.

Elas ouviram Dickon contar uma versão do Reino Secreto da história de *Cachinhos Dourados e os três ursos*.

— Depois disso, Cachinhos Esmeralda visitava os três dragões sempre que desejava. Fim! — concluiu Dickon. Quando falou essa última palavra, a semente começou a brilhar com uma luz dourada. Ela brilhou e cintilou na mão de Dickon.

As meninas soltaram uma exclamação de surpresa.

— A semente já ouviu a história e agora está pronta para ser plantada!

— disse Dickon, alegremente. — Se cuidarmos bem dela, a semente vai crescer e se transformar em uma árvore de livros. Prontinho, Doug.

Ele passou a semente para o colega, que a colocou com cuidado no bolso.

— Quanto tempo vai demorar para começar a dar brotos de livro? — Jasmine perguntou, ansiosa.

— Uns cinco anos — Dickon respondeu.

As meninas se entreolharam incrédulas.

— Mas não podemos esperar cinco anos pelo broto de livro para a poção do rei Felício! — exclamou Ellie.

Trixi sacudiu a cabeça.

— O rei precisa beber a poção-antídoto antes do Baile de Verão, que é daqui a algumas semanas.

— E quanto às árvores que já existem no bosque? — perguntou Jasmine. — Elas não têm livros, mas já estão crescidas. Quanto tempo vai levar para darem brotos de livro de novo?

Dickon coçou a barba.

— Geralmente entre um e seis meses. Algumas árvores dão brotos de livro bem rápido, mas algumas precisam de mais tempo. Nunca conseguimos saber ao certo por que uma árvore é diferente de outra.

Os outros gnomos livreiros balançaram a cabeça.

— Tem alguma coisa que a gente possa fazer para os brotos de livro crescerem mais rápido? – perguntou Summer.

— Acho que não – falou Dickon e deu um suspiro pesado. – Minha nossa, pobre rei Felício. Vocês não vão conseguir um broto de livro a tempo de fazer a poção-antídoto.

— Não podemos desistir! – disse Jasmine, se esforçando ao máximo para pensar em alguma coisa. Ellie e Summer também estavam quebrando a cabeça.

— Espere um segundo! Eu tive uma ideia! — Trixi exclamou de repente, fazendo voos rasantes a bordo de sua folha. — Eu posso tentar fazer um feitiço de crescimento! A mágica de fada pode fazer as coisas acontecerem super-rápido, então pode ser que eu consiga fazer os brotos de livro crescerem bem depressa.

— Ah, Trixi, isso seria brilhante! — Summer elogiou com empolgação.

Trixi olhou pelas janelas, de onde dava para ver os morceguinhos fazendo careta.

— Os Morceguinhos da Tempestade vão tentar me impedir — disse a fadinha.

Jasmine colocou os cabelos escuros atrás das orelhas.

— E daí? Vamos defender você. Eu não tenho medo deles!

O plano maligno da rainha Malícia

Ellie se levantou num salto e disse:
— Nem eu!
Summer respirou fundo e reforçou a ideia:
— Se existir algum jeito de a gente fazer crescer um broto de livro, a gente vai fazer!

Morceguinhos intrometidos

Quando as meninas, Trixi e os livreiros deixaram a biblioteca, os Morceguinhos da Tempestade gargalharam e gritaram coisas horríveis para eles.

— Vocês não podem parar a rainha Malícia! — um deles gritou. — O rei Felício vai ser um sapo fedido para sempre!

Trixi os ignorou e apontou para a árvore onde eles estavam empoleirados.

— Bem, vamos lá – disse ela, erguendo a mãozinha com o anel e olhando para as meninas.

— O que ela está fazendo? – perguntaram os morceguinhos. – O que essa fadinha está fazendo com o anel bobo dela?

Trixi cantarolou um encanto:

*— Mágica de fada, faça os livros crescerem.
Bem depressa, por favor, faça eles aparecerem!*

Uma nuvem de brilhos cor-de-rosa voou do anel dela e caiu sobre as raízes da árvore. Instantaneamente, a planta cresceu e dobrou de tamanho. Em questão de segundos, vinte brotos de livro apareceram e floresceram livros.

Os Morceguinhos da Tempestade guincharam de surpresa e bateram asas para saírem do caminho das folhas que começaram a crescer de uma hora para a outra.

— Funcionou! – exclamou Dickon.

Morceguinhos intrometidos

— Mas não sobrou nenhum broto — observou Ellie, decepcionada. — Os livros floresceram imediatamente. A magia os fez crescer rápido demais!

— Pelo menos temos mais alguns livros — disse Doug.

Ele apanhou uma escada e subiu para colher os livros, mas, assim que pegou o primeiro e deu uma olhada, a alegria deixou seus olhos.

— Oh, não — ele lamentou. Então colheu outro, olhou dentro e sacudiu a cabeça.

— O que foi? — perguntou Jasmine.

Doug desceu e mostrou os livros. Summer deu uma folheada nas primeiras páginas e logo viu o que estava errado.

— As palavras estão todas misturadas!

— A história no livro cresceu tão rápido que tudo se embaralhou — disse Dickon. — Estes livros não prestam para nada. Puxa vida...

O rosto de Trixi se enrugou de decepção diante das risadas e dos gritinhos de zombaria dos Morceguinhos da Tempestade.

— Rá! Vocês não conseguiram!

Morceguinhos intrometidos

Trixi pousou no ombro de Jasmine. A folha flutuante ficou toda desmilinguida.

— Não ligue para isso — Jasmine consolou a pequena fadinha. — Não vamos desistir. Deve haver alguma coisa que a gente possa fazer para os brotos de livro crescerem rápido, mas não tão rápido assim.

— Meu avô diz que consegue mais flores no jardim quando as plantas ficam quentinhas e têm alimento e água suficientes — disse Ellie, pensativa. — Talvez dê certo se a gente regar e alimentar as árvores e deixá-las quentinhas. Pode ser que isso faça os brotos de livro crescerem de novo.

— Certamente vale a pena tentar — concordou Dickon.

Ele e Doug foram conversar com os livreiros que estavam observando. Poucos minutos depois, reapareceram com alguns cobertores, uma longa mangueira e dois carrinhos de mão cheios de fertilizante marrom esfarelento.

— Vamos regar as árvores! — propôs Summer.

As meninas pegaram a mangueira e apontaram o bocal para a raiz das árvores.

Os gnomos livreiros se posicionaram entre os troncos para sinalizar quando a mangueira deveria ser ligada. Acima, os morcegos voavam juntos e sussurravam entre si nos galhos vazios das árvores.

— Acho que eles estão tramando alguma coisa — disse Jasmine, contrariada.

Ela estava certa. Assim que a água foi ligada, os morcegos desceram voando e foram fazendo buracos na mangueira com seus dedos pontudos. A água começou a jorrar dos furos, deixando Summer, Jasmine, Ellie e os livreiros todos molhados.

— Desliguem a mangueira! — Dickon gritou para os outros gnomos antes de se esconder debaixo de um arbusto para evitar o borrifo de água.

Morceguinhos intrometidos

Os morceguinhos voaram para o alto, às gargalhadas.

— Olhem só como eles ficaram encharcados! — gritaram eles.

— Viraram um bando de goteiras! — um deles gritou, rindo.

— Agora não vão colher nenhum broto de livro! — zombou outro.

Jasmine torceu os cabelos para tirar a água e olhou ansiosa para as árvores.

— Será que a água ajudou em alguma coisa? — ela pensou alto.

Todos olharam para as árvores, mas elas pareciam exatamente iguais. Não havia brotos de livro nos galhos nus.

Summer se virou para os outros e falou:

— Parece que a água não fez nada.

— O que acham de a gente tentar dar alimento e calor? — Jasmine sugeriu.

As meninas buscaram os cobertores e começaram a enrolá-los nos troncos. Depois elas foram para os carrinhos de mão. Então, pegaram as pás que havia em cima de cada um deles e começaram a colocar adubo sobre as raízes das árvores mais próximas; porém, quando fizeram isso, os morceguinhos começaram a dar mergulhos no ar e a soltar gritos para atrapalhar.

Morceguinhos intrometidos

Primeiro, eles arrancaram os cobertores dos troncos e os jogaram para cima. Depois, voaram para os carrinhos e começaram a atirar punhados de fertilizante nas meninas.

A Floresta dos Contos

— Ah, é impossível! — lamentou Summer, esquivando-se de um fertilizante que um morcego tentou acertar na cabeça dela.

— Eca! — reclamou Ellie, sacudindo aquilo de seus cachos ruivos.

Morceguinhos intrometidos

— Parem! — Jasmine disse furiosamente para os morceguinhos.

— De jeito nenhum! — retrucou um deles, gargalhando. Então jogou um cobertor nela. — Isso é muito divertido!

Jasmine tirou o cobertor de cima da cabeça e fez uma cara feia.

— Venha, Jasmine, é só ignorar esses morceguinhos bobocas — disse Ellie, que a levou para uma árvore não muito distante dali.

— O que vamos fazer? — lamentou Summer com um suspiro assim que as três se sentaram debaixo da árvore com Dickon, Doug e Trixi. — Mesmo que, de alguma forma, a gente consiga fazer os morcegos nos deixarem em paz, acho que vai demorar para os brotos de livro crescerem.

Ellie suspirou.

— Você deve ter razão. A magia da Trixi funcionou rápido demais, mas minha ideia é lenta demais.

— Precisamos de outro plano! – declarou Jasmine. – A Pandora Parks sempre consegue bolar um monte de planos novos quando está em apuros. Na história que eu estava lendo na biblioteca, ela foi sequestrada e trancada em um quarto. Parecia que ela não ia conseguir fugir de jeito nenhum, porque os sequestradores não abriam a porta nem para dar comida. Eles apenas empurravam uma bandeja através de uma portinhola.

— Nunca ouvi uma história dessas! – falou Dickon, piscando de surpresa. – Parece bem emocionante! Sequestradores! Ter que fugir de um quarto trancado! Eu gostaria bastante de ler alguma coisa assim.

Doug concordou ansioso e comentou:

— Não parece nenhuma das histórias que temos nos nossos livros por aqui. O que acontece depois?

— Bom, a Pandora finge estar doente e, quando o sequestrador entra para ver se ela está bem, ela o derruba, sobe a escada e depois foge e se esconde em um baú enorme cheio de figurinos. É demais! – concluiu Jasmine. – E eu só estou na metade!

Summer tinha apoiado as costas no tronco da árvore e estava olhando para cima, em direção aos galhos, enquanto imaginava a história e seus personagens. Durante a fala da amiga, Summer teve certeza de ter visto um lampejo de verde aparecer debaixo de um dos galhos acima de sua cabeça.

– O que é isto? – ela perguntou e se levantou num salto para investigar.

Bem acima de sua cabeça, Summer encontrou uma folhinha verde minúscula. Então exclamou, apontando para o alto:

– Vejam só!

Os outros também se levantaram de supetão.

– Apareceu enquanto você estava contando a história, Jasmine! – disse Summer com entusiasmo.

A Floresta dos Contos

— Pelos céus! — falou Dickon. — Que surpreendente. Por que será que cresceu assim?

Morceguinhos intrometidos

Uma ideia veio à cabeça de Summer.

– Acho que eu sei! – ela exclamou. Seus olhos brilharam. – Você nos contou que as sementes de árvores de livros são diferentes das sementes normais. Bem, talvez as árvores de livros também sejam diferentes das árvores normais. Elas não precisam de água e comida para darem brotos de livro mais rápido. E também não precisam de magia de fada! Elas precisam de algo mais!

– Do quê? – perguntaram Jasmine e Ellie.

Summer abriu um sorriso radiante e declarou:

– De histórias, é claro!

A mágica das histórias

Summer explicou o que tinha em mente:

– Está me parecendo que é como as sementes, que precisam de histórias antes que possam crescer e se tornar árvores de livros. Talvez as histórias também ajudem as árvores da Floresta dos Contos a florescerem. Por que não tentamos contar uma história para esta árvore e vemos se ela cria um broto de livro?

— Excelente ideia! — exclamou Dickon, batendo palmas. — Eu nunca teria pensado nisso! Podemos contar uma história empolgante, como a que Jasmine estava nos contando?

Doug concordou efusivamente.

— É claro que sim! — falou Summer.

Ellie se lembrou de uma coisa.

— Talvez ajude se a gente se sentar em um círculo. Você disse que formar um círculo sempre ajuda quando estão contando histórias para as sementes.

Dickon fez que sim.

— Vamos tentar.

— Bom, lá vai — falou Summer, quando todos se sentaram em um círculo em torno da base da árvore.

— O que vocês estão fazendo? — perguntaram os Morceguinhos da Tempestade, que bateram as asas e se aproximaram para observar.

A mágica das histórias

— Só vamos contar uma história aqui entre nós — respondeu Summer com um tom de voz bem inocente.

Então, os morceguinhos olharam desconfiados para ela.

— Uma história? Por quê?

A Floresta dos Contos

— Bem, sabe, a gente se deu conta de que vocês são espertos demais – disse Jasmine, piscando para Summer e Ellie. – Sabemos que nunca vamos conseguir derrotar vocês nem fazer crescer brotos de livro, então achamos que poderíamos ficar inventando uma história.

— Para nos animar – acrescentou Ellie, balançando a cabeça para cima e para baixo num movimento bem enfático.

Os morceguinhos pareciam cheios de si.

— A gente falou que vocês nunca iam nos derrotar – gabou-se o líder.

— Então agora vocês podem ir embora – Trixi disse.

Os Morceguinhos da Tempestade desconfiaram na mesma hora.

— A gente não vai embora. Vocês podem tramar alguma coisa.

O líder voou até outra árvore e se empoleirou nos galhos.

A mágica das histórias

– Nós vamos ficar vigiando vocês daqui enquanto contam essa história chatona – ele disse.

Os outros o seguiram, concordando com a cabeça. Ficaram lá sentados como morcegos gigantes.

Summer olhou para as amigas e para os gnomos e disse:

– Bom, eu vou começar.

Ela pensou por um momento. Summer adorava escrever e inventar histórias. Fechou os olhos e imaginou...

– Era uma vez uma menina chamada Pippa, que adorava animais selvagens. Certo dia, seus pais a levaram para a China. Pippa ficou muito empolgada, porque era o lugar onde viviam os pandas-vermelhos. Ela sempre quis ver um panda-vermelho e... hum...

Summer parou. O que deveria acontecer depois? Ela olhou para Ellie e Jasmine. Talvez elas soubessem.

— Ela também sempre quis pintar um panda-vermelho — Ellie disse. — Pippa adorava pintar, sabe, e estava planejando entrar em um concurso que tinha visto em uma revista de artes. Ela precisava fazer uma pintura de um animal, e achou que seria bem legal pintar um panda-vermelho.

Summer fez um sinal com o polegar elogiando a participação de Ellie.

— Então, enfim, quando chegou à China, Pippa entrou na floresta e tentou encontrar um panda-vermelho — Summer continuou, olhando para a folha verde, que não tinha crescido nem um pouquinho. — Era uma floresta de bambus, e ela podia ouvir todo tipo de criaturas estranhas e pássaros por lá. Enquanto vagava entre a vegetação, ela ouviu um gritinho e percebeu...

— O quê? — perguntaram Dickon e Doug, ansiosos.

— Ah, conte! Conte! — insistiu Trixi, dando pulinhos na folha.

A mágica das histórias

Até mesmo os Morceguinhos da Tempestade estavam prestando atenção avidamente, com os olhos fixos em Summer.

– Continue! – eles insistiram também, pela primeira vez sem os gritos e sem a zombaria.

— Bom, a Pippa percebeu que havia um panda-vermelho no meio dos arbustos. Na verdade, não só um: quatro pandas-vermelhos! Eram a mamãe e seus filhotes, mas a mamãe estava com a patinha presa em uma armadilha! E então... e então...

Ellie retomou a história:

— Pippa libertou a mamãe panda-vermelho com muito cuidado, pensando o tempo todo em como ela gostaria de desenhar aquela pelagem vermelha linda e aqueles olhos escuros brilhantes...

— E eu sei o que aconteceu depois! — exclamou Jasmine. — Ela mal tinha libertado a mamãe panda-vermelho quando ouviu gritos. Junto com o barulho veio um homem! Ele era um perigoso caçador de animais. Ele pegou Pippa e a capturou! Aí ele a levou para uma casa não muito longe dali e a jogou no porão. Ela ficou sem água e sem comida, e também não fazia ideia de como iria sair dali. Então, ela começou a bolar um plano...

A mágica das histórias

Bem nessa hora, Summer viu que a folha verde estava começando a ficar maior. Ela sufocou seu gritinho de alegria.

– Continue, Jasmine! – Summer falou com ansiedade.

– Pippa fingiu estar doente – Jasmine continuou. – Quando o caçador chegou, ela deu um golpe de caratê nele, saiu correndo pelas escadas e fugiu. Mas aí ela se perdeu na floresta! Estava perdida e sozinha!

– Só que ela não estava sozinha! – acrescentou Summer. – Porque a mamãe panda-vermelho estava lá. Ela veio saltando de trás dos bambus com seus filhotes fofos!

– E levou a Pippa para casa em segurança! – concluiu Ellie.

Olhando para cima, ela viu muitos brotos verdes explodindo em todos os galhos.

– Funcionou! – gritou, logo depois tapando a boca com as mãos.

A Floresta dos Contos

Ela espiou os Morceguinhos da Tempestade. Para seu espanto, todos eles ainda estavam tão extasiados com a história que sequer tinham notado os brotos verdes no galho acima deles.

A mágica das histórias

— Foi isso que a menina disse na história? — perguntou um dos morceguinhos.

— Hum... Foi! Ela sorriu e disse: "Funcionou!" — Ellie falou com uma voz fininha, percebendo os olhares curiosos de todos. — "Meu plano funcionou! Consegui fugir do caçador!"

A mente de Ellie estava pensando muito rápido. Os morceguinhos não deviam estar vendo que os brotos de livro começavam a aparecer. Ela prosseguiu depressa:

— Mas, hum... então, antes que ela chegasse em casa, outra coisa muito empolgante aconteceu.

— O quê? — os morcegos perguntaram com avidez.

Ellie se levantou e fingiu se espreguiçar.

— Sabem, acho que vou contar o resto da história dentro da biblioteca — ela disse tão casualmente quanto possível. Ela viu os olhares surpresos de Summer e Jasmine. — Se vocês olharem para cima, tenho certeza de que vão ver algumas nuvens de chuva se aproximando – disse ela, erguendo as sobrancelhas com um olhar cheio de significado para as amigas.

Summer e Jasmine olharam para cima e viram os brotos de livro sobre os galhos de árvore. As duas prenderam a respiração tamanha a emoção. Contar uma história tinha funcionado!

– Não estou vendo nuvem nenhuma – disse um dos morcegos, olhando para o céu.

– Tenho certeza de que vi uma passar – Ellie se apressou em dizer.

– Eu também. Vamos contar o resto da história na biblioteca – insistiu Summer.

– O último a chegar é um sapo fedido! – falou Jasmine, começando a correr. Summer disparou atrás dela.

A mágica das histórias

— Ei! Esperem por nós! — gritaram os morceguinhos, batendo asas e voando atrás delas.

— Preciso ouvir o final dessa história! — exclamou Dickon, também correndo para a biblioteca. — Nunca escutei nada parecido, quero muito saber o que acontece!

— Eu também! — disse Doug.

Ellie se deixou ficar para trás.

— Trixi — ela chamou a fadinha com um leve sussurro.

— O que foi, Ellie? — perguntou Trixi, impaciente, pausando com a folha no ar. — Eu quero ouvir o que a Pippa vai fazer!

— Olhe para cima!

A fadinha então viu os brotos de livro.

— Brotos de livro! — ela exclamou, girando em sua folha. — Ah, Ellie! Há centenas de brotos de livro na árvore!

Felizes para sempre

Ellie e Trixi olharam fixo para os pequenos brotos verdes que pontuavam os galhos da enorme árvore de histórias.

— Não acredito que encontramos um jeito de fazer os brotos de livro crescerem — sussurrou Trixi, contente.

— Você consegue voar até lá em cima e colher um? — perguntou Ellie. — Podemos distrair os Morceguinhos da Tempestade enquanto você leva o broto para a tia Maybelle.

— Está bem! — Trixi respondeu com um sorriso. — Mas depois você vai me contar como a história termina, não vai? — acrescentou.

Ellie sorriu e disse:

— É claro!

Depois de deixar Trixi colhendo um broto de livro, ela saiu correndo atrás dos outros para dentro da biblioteca. Todos tinham acabado de entrar com Doug e Dickon. Os Morceguinhos da Tempestade se empoleiraram na escada dourada, enquanto Summer se sentava e continuava a contação de história.

— Então, bem quando estavam quase chegando à casa onde Pippa estava hospedada, ela ouviu um grito, e o caçador saltou para cima dela.

— Ele estava prestes a lançar uma rede na menina — continuou Ellie —, mas nessa hora a mamãe panda-vermelho o mordeu no bumbum! Ele deixou a rede cair. Pippa a agarrou e a jogou em cima dele. Ela conseguiu pegar o caçador!

Felizes para sempre

— Os pais da Pippa ficaram muito contentes em vê-la — acrescentou Summer. — E o caçador foi levado pela polícia.

— E Pippa pintou um retrato brilhante dos pandas-vermelhos e conseguiu vencer o concurso — contou Ellie.

— Seu prêmio foi uma viagem para o México, onde ela viveu ainda mais aventuras e se tornou uma estrela de cinema! — encerrou Jasmine.

As três meninas se entreolharam.

— Fim! — declararam, triunfantes.

Os Morceguinhos da Tempestade bateram palmas.

— Foi bem legal essa história! — disse um deles.

— Talvez histórias não sejam idiotas, afinal de contas — outro admitiu.

— Quero ler alguns livros — comentou um terceiro morceguinho, voando entre os volumes das prateleiras.

— Foi mesmo um conto incrível — Dickon elogiou as meninas. Seus olhos castanhos brilhavam. — Aconteceram muitas coisas. Eu nunca imaginei que as histórias pudessem ser assim, nunca ouvi nada parecido!

Então ele se virou para Doug e disse:

— A gente deveria começar a inventar umas histórias novas e contá-las para as sementes. Imagine só os livros emocionantes que poderiam florescer!

Doug concordou, entusiasmado.

Bem nessa hora, eles avistaram um lampejo cor-de-rosa bem vivo, e Trixi apareceu, rodopiando no ar com sua folha.

— Trixi! — gritou Ellie. — Você...?

Felizes para sempre

— Sim! — Trixi gritou de alegria. — Eu entreguei o broto de livro para a tia Maybelle. Ela ficou muito contente. Agora a gente só precisa de mais um ingrediente!

Os Morceguinhos da Tempestade ouviram a conversa.

— Você colheu um broto de livro? — perguntou um deles.

Trixi e as meninas confirmaram balançando a cabeça.

— Os brotos apareceram enquanto a gente estava contando a história — falou Ellie.

Jasmine colocou as mãos na cintura.

— E agora já não tem mais nada que vocês possam fazer quanto a isso!

Um morceguinho olhou para elas e curvou os ombros, decepcionado.

— Acho que não. E na verdade... — ele olhou para baixo e pareceu um pouco envergonhado. — Valeu a pena ouvir uma história tão boa! Obrigado — ele murmurou.

Felizes para sempre

Summer piscou várias vezes, espantada.

– Vamos, vamos – ele disse às pressas para os outros morcegos.

Summer sentiu o coração amolecer ao vê-los voar dali lentamente em direção à porta. Talvez os Morceguinhos da Tempestade não fossem assim tão maus!

A Floresta dos Contos

Mas Dickon tinha ido até a prateleira diante da qual eles tinham parado.

– Ei! – ele falou bruscamente. – Vocês pegaram livros daqui!

Era verdade! Todos os morceguinhos tinham escondido livros debaixo das asas.

– Não é justo! – reclamou um deles. – Por que vocês podem ficar com todos os livros?

Felizes para sempre

— Isto aqui é uma biblioteca — explicou Dickon. — Vocês podem pegar emprestados os livros que quiserem, mas precisam pedir primeiro e trazer de volta.

Agora parecendo felizes, os Morceguinhos da Tempestade saíram voando.

Summer, Jasmine e Ellie deram risada.

— Nunca imaginei que os Morceguinhos da Tempestade fossem gostar tanto assim de ler — comentou Summer.

— Bom, tudo isso é graças a vocês! — disse Dickon.

— A história foi muito boa, meninas! — elogiou Trixi. — Podem me contar o final, por favor?

Elas rapidamente se puseram a contar o restante da história para a fadinha.

— Oh, que incrível! — disse Trixi, dando uma pirueta cheia de entusiasmo. — Eu adoraria ler outra história como essa!

A Floresta dos Contos

— Vou falar com todos os outros livreiros para fazê-los contar várias histórias empolgantes para as árvores e para as sementes – disse Dickon. – Sabe, a gente sempre quis saber por que alguns brotos cresciam mais rápido do que outros. Depois de tudo o que aconteceu hoje, acho que, quanto mais emocionante é a história, mais rápido crescem os brotos.

— De agora em diante, vamos contar muitas coisas maravilhosas para as árvores. Assim vamos ter mais livros... e histórias mais interessantes do que nunca! – comentou Doug. Ele franziu a testa assim que um pensamento passou pela sua cabeça. – Se bem que... hum... como vamos pensar em histórias para contar?

Dickon pareceu preocupado.

— Sim, isso é um problema.

Summer sorriu para eles e disse:

— Não, não é! Aposto que podemos dar um monte de ideias para vocês! Contem para as

Felizes para sempre

árvores histórias de pessoas que resgatam animais ou vão para lugares distantes e vivem aventuras mágicas – ela disse, olhando para todos eles. – Vocês poderiam inventar histórias sobre tapetes voadores, gênios em lâmpadas maravilhosas ou sobre criaturas estranhas.

Os gnomos livreiros começaram a sussurrar, surpresos.

– Gênios? Tapetes voadores? Criaturas estranhas?

– Ah, eu adoraria ler histórias assim! – disse Trixi.

– Ou vocês poderiam contar

105

histórias engraçadas, como quando desejos dão errado e coisas loucas acontecem, ou de pessoas que vivem em lugares esquisitos como a Terra de Cabeça para Baixo – sugeriu Ellie.

— Ou inventar histórias sobre atuar e cantar, sobre fazer shows e aprender a dançar — acrescentou Jasmine com entusiasmo. — Vocês poderiam contar histórias sobre uma pessoa que se tornou uma atriz famosa ou uma cantora, ou ainda sobre pessoas que viajam para todo canto do mundo e se apresentam para grandes plateias.

— Há tantas histórias para contar! — Summer falou para os gnomos livreiros. — Demos algumas ideias agora, mas aposto que vocês conseguem pensar numa infinidade de outras.

— Vocês só têm que usar a imaginação — emendou Ellie.

— E, acima de tudo, contar as histórias que vocês gostariam de ler! — disse Jasmine.

— Agora tentem, meus amigos! — Dickon encorajou. — Contem para as árvores as histórias mais emocionantes que puderem criar!

A Floresta dos Contos

Os livreiros aplaudiram e saíram correndo para as árvores. Eles se sentaram em volta dos troncos e começaram a contar as histórias. Depois de alguns minutos, brotos verdes começaram a pipocar em todos os galhos.

– Está funcionando! – empolgou-se Jasmine.

Summer suspirou alegremente.

– É, parece que a Floresta dos Contos vai ficar bem.

– Melhor do que nunca – disse Ellie, com um sorriso.

– E só precisamos de mais um ingrediente para a poção-antídoto – lembrou Summer.

– O que é uma grande sorte – disse Trixi, de repente parecendo preocupada. – Afinal, o Baile de Verão é só daqui a duas semanas! Temos que terminar a poção antes disso, senão o rei Felício vai virar um sapo fedido para sempre!

Ela voou em círculos ao redor da cabeça das meninas a bordo de sua folha.

Felizes para sempre

— Acho que é melhor vocês irem para casa agora, mas eu mando outra mensagem logo, logo – concluiu a fadinha.

A Floresta dos Contos

— Vamos ficar esperando — Jasmine prometeu.

— Obrigado! — Dickon agradeceu às meninas. — Muito obrigado.

Todos os outros gnomos livreiros também gritaram agradecimentos.

— Espero um dia vê-los de novo! — disse Summer, acenando para eles.

Felizes para sempre

Depois as três meninas deram as mãos, e Trixi deu uma batidinha no anel. Uma nuvem de brilhos prateados cercou as amigas e as levou embora. Quando o redemoinho parou, elas pousaram com um ruído leve de volta na Biblioteca de Valemel, ao lado dos periódicos empoeirados. A Caixa Mágica estava no chão diante delas.

A Floresta dos Contos

— Voltamos! — falou Summer.

Os brilhos da caixa começaram a desaparecer. Ellie pegou a Caixa Mágica e guardou de volta dentro da bolsa.

— Que aventura incrível!

— E agora só temos mais um ingrediente para encontrar! — falou Jasmine.

Summer parecia ansiosa.

— A rainha Malícia vai ficar furiosa quando souber! — comentou.

— Que bom — disse Jasmine. — Ela vai ficar ainda mais brava quando a gente encontrar o último ingrediente! Agora, eu vou pegar emprestado este livro da Pandora Parks. Preciso descobrir o que vai acontecer depois — ela se levantou num salto com o livro na mão.

Ellie deu uma risadinha e também se levantou.

— Aposto que não vai ser tão legal quanto a história que a gente acabou de inventar!

— Ou tão emocionante quanto a aventura que tivemos — acrescentou Summer.

— Nem o melhor livro do mundo vai ser tão emocionante quanto ir para o Reino Secreto e viver tudo aquilo de verdade — comentou Jasmine.

A Floresta dos Contos

Até mesmo Summer tinha que concordar com ela.

— Quando será que a gente vai poder voltar para encontrar o último ingrediente? — ela perguntou, pensativa.

Felizes para sempre

— Bem, seja lá quando for, estaremos prontas — disse Ellie. — Nós vamos impedir que o rei Felício se transforme em um sapo fedido e nada poderá nos parar!

As três meninas se entreolharam e declararam:

— Nadinha mesmo!

Na próxima aventura no Reino Secreto,
Ellie, Summer e Jasmine vão visitar

O Baile de Verão!

Leia um trecho…

Diversão de verão

O cheiro de hambúrgueres assando na churrasqueira percorria o parquinho da Escola Valemel. Adultos e crianças passeavam por entre barracas de cores vivas. Havia ali a caixa de surpresas, a barraca de doces e o castelo pula-pula. Sentada atrás da mesa de pintura de rosto, Summer Hammond fechou o livro que estava lendo e soltou um suspiro alegre. Ela adorava a festa da escola.

Ao lado dela, sua amiga Ellie terminava de pintar uma cara de tigre em Finn, o irmão caçula de Summer.

– O que você acha? – ela perguntou, segurando um espelho.

Finn rugiu e disse:

– Sou o melhor tigre do mundo!

– Eu tenho uma charada de tigre para você, Finn – Ellie falou. – Você sabe qual é a piada do tigre?

– Não sei! Qual? – perguntou ele, curioso.

– Não tem piada; tigre não pia! – Ellie respondeu sorrindo.

Finn deu uma risadinha. Summer balançou a cabeça enquanto ria. Ellie estava sempre contando piadas, e algumas delas eram muito ruins!

– Vou de novo lá na caixa de surpresas. Obrigado, Ellie – disse Finn. Ele se levantou num salto e saiu correndo.

– Eu amo pintura no rosto! – Ellie disse com entusiasmo, colocando os cachos ruivos atrás das orelhas.

– Você é incrível fazendo isso – comentou Summer, que estava lendo um livro de contos enquanto Ellie pintava o rosto do pessoal.

Ellie tinha começado a limpar os pincéis. No início, quando começaram com as pinturas, havia bastante gente na fila, mas agora o público tinha diminuído. Summer olhou no relógio e disse:

– A Olivia e a Maddie devem estar chegando para trocar com a gente logo mais, aí vamos poder sair para passear na festa.

– E encontrar a Jasmine. Como será que ela está se saindo? – Ellie pensou em voz alta.

Jasmine era sua outra melhor amiga. Ela decidiu se vestir de mulher sábia e prever o futuro das pessoas.

— Nós vamos ter que arrastá-la um pouco para longe das adivinhações — sugeriu Summer. — Eu quero comprar alguns bolos de fada da barraca de doces. Parecem deliciosos.

— Não tão deliciosos como os verdadeiros bolos de fada... — disse Ellie.

As duas sorriram.

— Com certeza, não! — concordou Summer.

Ela sorriu pensando no segredo surpreendente que compartilhava com suas duas

melhores amigas. Elas tinham uma caixa mágica com o poder de levá-las para uma terra encantada chamada Reino Secreto. A caixa tinha sido feita pelo rei Felício, o governante gentil daquela terra. Quando o belo reino mergulhou em apuros, a caixa viajou para o mundo dos humanos para encontrar as únicas pessoas que poderiam ajudar: Summer, Ellie e Jasmine!

– Você se lembra de quando nós comemos aqueles bolos de fada e viramos fadas por alguns minutos? – Summer sussurrou.

Ellie fez que sim e perguntou:

– E aqueles cupcakes que a gente viu na Confeitaria Doçura, que voavam de verdade?

Summer suspirou, com saudades daquele dia mágico.

– Espero que a Trixi nos envie uma mensagem na Caixa Mágica em breve... Temos que voltar, o rei Felício ainda precisa da nossa ajuda.

A irmã perversa do rei, a rainha Malícia, causava todos os tipos de problemas no Reino Secreto. Seu plano maligno mais recente tinha sido fazer o rei Felício comer um bolo enfeitiçado. Agora ele estava se transformando em um horrível sapo fedido. Só uma poção-antídoto composta por seis ingredientes raros poderia quebrar o feitiço. Até o momento, Ellie, Summer e Jasmine tinham encontrado cinco ingredientes, mas o tempo estava se esgotando. Se o rei não bebesse a poção-antídoto até a meia-noite do Baile de Verão, ele seria um sapo para sempre.

— O rei Felício estava mesmo se comportando como um sapo quando o vimos pela última vez — disse Ellie, ansiosa. — Espero que ele não tenha piorado.

Summer concordou com a cabeça. Ela adorava o reizinho alegre e rechonchudo, e não suportava a ideia de que ele pudesse se transformar em um sapo fedido. Felizmente, o rei não sabia o que estava acontecendo, porque sua fadinha real, Trixi, e a tia sábia dela, Maybelle, tinham lançado um encanto para fazer todos esquecerem a maldição da rainha. Assim, ninguém entraria em pânico enquanto Summer, Ellie e Jasmine estivessem ocupadas procurando os ingredientes para a poção-antídoto.

– Qual será o último ingrediente? – refletiu Summer.

Bem nessa hora, Olivia e Maddie apareceram para assumir a barraca de pintura no rosto, e Summer e Ellie rapidamente pararam de falar.

– Obrigada por continuarem o trabalho aqui – Ellie agradeceu às outras garotas.

Summer guardou o livro na bolsa enquanto ela e Ellie corriam para encontrar a barraca de

Jasmine. Era uma tenda listrada com um grande letreiro em caligrafia rebuscada em que se lia:

Madame Jasmina Rosa.
Vidente extraordinária.
Entre. Se tiver coragem.

Quando chegaram à tenda, saiu dali uma menina do segundo ano.

— Nossa, uau! — disse a garota, parecendo confusa. — Preciso me lembrar de que meu número da sorte é oito, assim vou poder ter bastante sorte daqui para a frente!

Ellie e Summer deram risada e colocaram a cabeça na abertura da tenda para espiar lá dentro. Jasmine estava sentada atrás de uma mesa. Estava com uma saia longa e colorida, com um xale sobre os ombros e um lenço amarrado em volta da cabeça, sobre os longos cabelos escuros. Ela sorriu quando viu as amigas.

— Ah, duas lindas menininhas — ela disse com uma voz trêmula, parecendo uma idosa. — Vieram ouvir o futuro de vocês, queridinhas?

Ela acenou para as meninas. Seus olhos escuros tinham um ar brincalhão.

— Está bem. Conte meu futuro, madame Jasmina. — Ellie estendeu a mão.

Jasmine a examinou e exclamou dramaticamente.

— Oh, não! O que é isso? Vejo que você tem uma viagem para continuar! Uma jornada a um lugar distante e emocionante!

— Seria talvez algum reino secreto? — Ellie brincou também.

Jasmine riu e endireitou a postura.

— Espero que isso esteja no futuro de nós três.

Leia

O Baile de Verão

para descobrir o que acontece depois!

O Reino Secreto